# Prune, pêche, poire, prune

## texte et illustrations de
## Janet et Allan Ahlberg
## adapté par
## Marie Farré

Gallimard

595

Collection *folio benjamin*

ISBN: 2-07-039065-9
Titre original: Each peach pear plum
Publié par Penguin Books, London
© Janet et Allan Ahlberg, 1978
© Penguin Books, 1978, pour l'édition anglaise
© Éditions Gallimard, 1978, pour la traduction française
© Éditions Gallimard, 1982, pour la présente édition
1$^{er}$ dépôt légal: Février 1982
Dépôt légal: Septembre 1989.
Numéro d'édition: 46764
Imprimé par la Editoriale Libraria en Italie

Prune, pêche,
poire, prune.
As-tu vu Tom Pouce
Se la couler douce?

Tom Pouce glousse
et se trémousse.
As-tu vu
Dame Tartine
tartiner
dans sa cuisine?

Dame Tartine
trottin-trottine.
As-tu vu Cendrillon
guenilles et haillons?

Cendrillon
trousse son cotillon.
As-tu vu les Trois Ours
sans trompettes
ni tambours?

Attention,
Petit Ourson!
As-tu vu l'Enfant-Do
tombé
dans son landau?

L'Enfant-Do
dormira bientôt.
As-tu vu Manon
chercher
ses moutons?

Manon
guette l'horizon.
As-tu vu Jeannot
Jeannette
galopins galipettes?

Jeannette et Jeannot
roulent en tonneau
As-tu vu Carabosse
pic et pic
et gâte-sauce?

Carabosse
en balai caracole.
As-tu vu
Robin des Bois
ses flèches
et son carquois?

Robin des Bois
heureux comme un roi.
As-tu vu
les Trois Ours
chasser
aux alentours?

Les Trois Ours
sont sur le pont.
Oh oh!
Ils ont vu l'Enfant-Do

L'Enfant-Do
sauvé des eaux.
As-tu vu la Tarte
aux Griottes?
Elle attend
qu'on la grignote!

Miam miam!
La bonne Tarte
attend...
As-tu vu...

# Tous
# ces gourmands!

## BIOGRAPHIE

**Janet et Allan Ahlberg :** Allan écrit, Janet illustre ses histoires.

Allan a fait tous les métiers :

soldat, aide-plombier, maître d'école, et ce dernier métier lui a permis d'échanger avec ses élèves beaucoup d'idées et d'histoires drôles. Mais son métier d'écrivain est ce qu'il préfère par-dessus tout.

Janet est devenue illustratrice après avoir renoncé à l'enseignement de peur de faire la classe à des élèves...

Récemment, Allan a trouvé l'idée de l'amusante collection « L'as-tu lu ? » parue aux Editions Buissonnières. Il a écrit douze histoires qui racontent chacune les aventures d'une famille où parents et enfants travaillent tous ensemble pour le même métier. Sa femme a illustré quelques-unes des 12 familles.

Janet et Allan sont aujourd'hui célèbres. Pour leur album *Prune, pêche, poire, prune* présenté aujourd'hui dans la collection Folio Benjamin, ils ont remporté en 1979 la médaille Kate Greenaway, la récompense la plus importante de l'année, en Angleterre.

## QUELQUES MOTS DIFFICILES

**Carabosse en balai caracole :** Carabosse fait des petits sauts et des cercles sur son balai.

**Carquois :** étui à flèches.

**Se la couler douce :** ne pas se faire du souci, vivre heureux sans beaucoup travailler.

**Guenilles et haillons** : vêtements vieux, usés, sales et déchirés.

**Griotte** : son goût est moins doux que celui de la cerise, et sa queue plus courte. Et pourtant c'est aussi une cerise ! On fait de très bonnes tartes avec les griottes.

**Se trémousser** : se remuer en tous sens, se tortiller.

**Trottiner** : faire des petits pas courts et rapides.

**Sans trompette ni tambour** : sans faire de bruit, en secret.

**Trousser son cotillon** : relever son jupon.

## LES PERSONNAGES CACHES

**Tom pouce**. Pas plus haut qu'un pouce, grâce à son intelligence et à sa petite taille, il se débarrasse des voleurs, entre dans un trou de souris, ou se loge dans l'estomac d'un loup... Ses aventures sont contées par les frères Grimm.

**Cendrillon**, en guenilles et haillons, que le coup de baguette magique de sa marraine la fée, transformera en belle princesse. C'est Charles Perrault qui raconte son histoire et celle des **Trois Ours**. Ce sont les trois ours de **Boucle d'Or**, bien sûr. Papa Ours, Maman Ours, et Bébé Ours, qui seront bien étonnés de voir que quelqu'un a mangé dans leurs assiettes et dormi dans leurs lits.

**Dodo**, l'**enfant-do**, l'enfant dormira peut-être, dodo l'enfant-do, l'enfant dormira bientôt... La chanson qui berce les petits enfants.

**Manon**, c'est le prénom de bien des bergères.

**Jeannot, Jeannette**. Espérons que leurs aventures nous seront bientôt contées.

**Carabosse**, la fée méchante et toujours de mauvaise humeur. On dit d'elle qu'elle est bossue « à trente-six carats », c'est-à-dire vraiment très bossue ! D'où son nom de cara-bosse.

**Robin des Bois**, héros légendaire du Moyen Age anglais, qui résista à l'invasion des Normands. C'est le meilleur tireur à l'arc de toute l'Angleterre, et il vit dans la forêt comme un hors-la-loi avec ses cent quarante compagnons.

**Dame Tartine**, qui nous apprend une chanson bien appétissante...

# Collection folio benjamin

❖❖❖